神秘圖書館

這本書的主人是

神祕圖書館偵探4

星月 謎謎羊 與 神祕拼圖書

文 林佑儒 圖 25度

目錄

人物介紹

林捷與林宜

十一歲的雙胞胎兄妹，長相相似，性格卻不相同。因為在圖書館裡消磨暑假時光，意外認識來自圖書館木的館員，展開了奇幻冒險旅程。

小書籤

外型為黃尾巴蜻蜓，實際上是來自圖書館木的高階圖書館員，負責保護與照顧珍貴的圖書館木種子——彩花籽。

小書丸

外型為紫金色的金龜子，是小書籤的徒弟。只要吃太飽就會説話不清楚與結巴。協助小書籤照顧圖書館木種子——彩花籽。

法拉拉

曾為圖書館木的館員。與小書籤反目後發誓要成為最厲害的魔法師，並向小書籤下挑戰書。

彩花籽

圖書館木的珍貴種子，以藍色蝴蝶的型態移動，喜歡愛書人的氣味。閱讀各式各樣的書籍是她汲取養分的方法。

人物介紹

咩咩羊三姊妹

雪泡、雪嗶和雪可可，三姊妹是三胞胎，長相一模一樣，必須從配戴的飾品差異才能辨認身分。曾因在迷路市場裡的咖啡店工作，結識林捷、林宜兄妹二人，在第三集故事中，在大風吹車站擔任車站播報員。第四集中，她們又換了工作，成為天靈靈甜點店中的服務人員。

星河

熊族，在迷路市場販賣地圖兼擔任嚮導，在第二集中曾經與林捷兄妹在迷路市場中相遇，在這一集中為了救妹妹，特別到人類世界找林捷兄妹幫忙。

星月

星河的妹妹，法拉拉的好友，也是一名魔法師。

大小巫婆

大小巫婆是雙胞胎巫婆姐妹，也是圖書館木中的活人書，外型雖然像小女孩，卻擁有高強魔法。在第一集故事中因林捷與林宜，協助小小巫婆找到失蹤許久的大大巫婆，因此大小巫婆允諾只要林捷兄妹有需求呼喚，必定協助。

第一章

被關進泡泡裡

「哥，如果可以讓你化身為一個童話角色，你會選誰呢？」林宜闔上手裡的《格林童話》，轉身問林捷。

林捷想了一下說：「我想應該是〈糖果屋〉裡的哥哥，漢賽爾。」

「呵，我就知道！因為不但有糖果可吃，最後還可以帶著金銀財寶回家，對嗎？」林宜笑著對林捷說。

林捷聳聳肩膀，微笑反問林宜：「那你選哪一個角色？」

「你猜！」林宜對林捷眨眨眼。

「應該是〈星星銀幣〉裡那個善良的小女孩？我記得你曾說想看

星星從天空掉下來的樣子，還說那一定很美。」

林宜搖搖頭說：「那是我第二個想選的故事。再給你一次機會。」

林捷偏著頭想，然後再看看林宜：「不會是〈糖果屋〉裡的妹妹葛蕾特吧？」

「沒錯！」

「可惡，我本來一開始就想猜這個。」林捷不服氣的說。

「自從變成圖書館木的書偵探之後，和哥哥一起經歷過那些冒險，常常讓我想到〈糖果屋〉裡那對兄妹的故事。」

「嗯，那個東西……你有收好吧？」林捷說完，看看自己的手錶，他想確認手錶上的指針是否依照時間的流逝持續向前。

「有，我每天都在等小書籤帶著小書丸和彩花籽來找我們。」林宜說完，摸了摸胸口的項鍊。這條項鍊是奶奶送的生日禮物，項鍊的墜飾是一隻貓頭鷹，拇指般大小的貓頭鷹肚子圓圓的，打開後，裡面有一些空間，放著一面很小的鏡子。那是之前附身在同學梁智雄身上的魔法師留下的玻璃碎片，林宜把它放在貓頭鷹的肚子裡，大小居然剛剛好。

「我也是一直覺得有未完成的任務等著我們。不過，煩惱也沒有用，只能等小書籤主動來找我們囉。」林捷說完，隨即提議：「外面天氣真好，我們一起去吃霜淇淋吧。」林宜欣然點頭，跟著出門。

離兄妹家不到五分鐘的路程有一家便利商店，最近店裡推出草莓口味的霜淇淋，十分受歡迎。林捷買了香草口味霜淇淋，林宜則是選了熱門的草莓口味。

林捷一拿到霜淇淋，立刻舔了一大口，入口即化的冰涼滋味，讓他暫時忘記心中惦記的未完成任務。

「哥，你看有人在拉泡泡。」林宜指了指便利商店對面的公園。

「我們坐在榕樹下的椅子上吃霜淇淋吧，順便看拉泡泡。」

公園裡有一棵大榕樹，粗壯的樹幹支撐起繁密的樹冠，還垂著長長的鬚根。林捷與林宜並肩坐在樹下的長椅上吃霜淇淋，前方草地上有個戴著帽子的男孩，他拿著一個水桶和一根長長的桿子，桿子末端是一個如籃球大小的圓框。男孩把圓框放入水桶後舉起桿子，在自己的頭頂正上方慢慢拉出一個巨大的泡泡。泡泡的大小足以包圍男孩全身，在陽光下散發七彩光澤，讓林宜不自覺的張口說：「哇！好漂亮！」

當林捷和林宜吃完霜淇淋，拉泡泡的男孩突然跑過來說：「可以請你們幫個忙嗎？」

「幫什麼忙呢？」林捷問。

「請你們站在我的旁邊，我想試試看能不能拉出一個超大泡泡，包住三個人。」

男孩的皮膚黝黑，大大的眼睛充滿期待，讓林捷和林宜很難拒絕。兄妹倆互望了一眼，有默契的點點頭，然後同時站起來。

「太好了！請兩位站在我旁邊，謝謝。」男孩再度舉起桿子，在空中畫出一個大大的圓。

當男孩慢慢把桿子拉下來，林捷和林宜驚訝的發現，三個人真的都被泡泡包圍起來。

「哇！好厲害！」林捷忍不住伸出手指，輕戳了一下泡泡形成的透明薄壁，奇怪的是，大泡泡居然沒有因此在瞬間破裂。林宜也好奇的伸手觸碰泡泡，大泡泡依然完整而堅固，她驚訝的說：「咦？我們被關在泡泡裡嗎？」

「這不是普通的泡泡——很抱歉，我必須把兩位關在這個時光泡泡裡，讓時間暫停一下。」男孩突然脫掉帽子，眨了眨眼睛說：「兩位還記得我嗎？」

「啊！你是那個在魔法世界的迷路市場賣地圖的男孩，難怪我一直覺得好像在哪裡看過你。你叫星河，對嗎？」林捷看著男孩的黑黝膚色，深邃輪廓和粗厚的手掌，才猛然想起。

「我記得你！你的迷路地圖幫了我們大忙！」林宜露出笑容說。

「真高興你們記得我。我的時間不多，只能長話短說——我收到一封匿名信說我的妹妹星月被綁架了，信上提到如果想救我妹妹，就必須帶人類書偵探到圖書館木，否則我妹妹就會遭遇不測。我真的非常需要你們的幫忙，麻煩你們現在跟我去圖書館木一趟。」星河才把話說完，林捷和林宜發現，原來透明的泡泡已經變成綠色，讓他們看不見四周的世界。林捷看了一下手錶，時間果然已經進入停滯的狀態。

「現在出發嗎？」林宜不安的摸了摸胸口的項鍊墜子。

星河表情嚴肅的點點頭說：「沒錯。這個時光泡泡是我費盡苦心借來的，只能使用一次，所以請你們現在就跟著我走。」

「好吧。」林宜點頭之前，看了一下哥哥林捷，她知道哥哥也會同意。自從兄妹倆在圖書館遇到小書籤、小書丸和彩花籽，成為書偵探，經歷了幾次魔法世界的冒險，只要和圖書館木有關的事，林宜都很關心，她知道哥哥也是一樣。

「謝謝你們！」星河深深的一鞠躬，然後指了指前方，林捷和林宜才發現原來透明的泡泡不但變成綠色，現在還形成一條通道，他們看不見通道的盡頭，只看見前方有微微的光。林捷拉著林宜的手，跟著星河走。林宜好奇的張望四周，此時通道的顏色由綠色變成深藍色。突然間，林捷發現地面出現不尋常的波動，讓他和妹妹

的身體跟著上下晃動。

星河一臉驚慌的回頭告訴他們：「時光泡泡就快解體了，我們得加快腳步；如果在解體之前到不了圖書館木，那就麻煩了。快跑！」星河說完，立刻以極快的速度向前奔跑。林宜心裡十分緊張，她緊拉哥哥的手，兩人也快跑了起來。

此時地面如同海面的波浪不斷起伏，感覺好像在劇烈抖動的藍色果凍上奔跑，隨時可能陷入其中。林捷覺得地面起伏的幅度似乎隨著他們奔跑速度加快而變得更大，眼看星河的背影愈來愈遠，他不得不拉著妹妹加快腳步。跑著跑著，前方突然出現一大片凹陷的地面，正在奔跑的林捷一下子踩空，整個人重重的跌坐在地上，林宜也跟著跌倒。下一秒，林捷覺得自己正被果凍般的地面吸入，他不知道該怎麼辦才好，只能緊緊的拉住林宜的手，確保不會和妹妹失散。

第二章

天靈靈童話甜點屋

林捷被耳邊一陣嗡嗡聲吵醒，他以為是蜜蜂或是蒼蠅，沒想到嗡嗡聲伴隨著細小卻尖銳的說話聲：「快來人哪！門口躺著兩個小孩。還不快一點來看看！笨死了！」

林捷立即起身，發現說話的居然是一個不斷振動翅膀的小人兒，只有他的巴掌大；這小人兒有精緻的五官，嘴脣像是塗上脣蜜一樣，閃閃發亮。淺紫色的頭髮上戴著黃色的花環，穿著一襲深紫色的輕紗蓬裙，手上拿著細小的魔法棒，和童話故事中描繪的小精靈一模一樣！

「歡迎光臨天靈靈童話甜點屋！」林宜醒來後聽到另一個熟悉的聲音，但她先轉頭確定哥哥在身邊之後，才安心的環顧四周。

說話的人看起來很眼熟，是林宜和哥哥曾經在迷路市場和大風吹車站遇到咩咩羊三姊妹其中一位，因為三姊妹長得一模一樣，林宜無法確定說話的是哪一位，但是林宜確定她和哥哥已經來到魔法世界。只是不知道為什麼他們兄妹沒有到達圖書館木，而星河又在哪裡呢？

女孩彎腰一鞠躬說：「您好，書偵探，我們又見面了，我是雪嗶。歡迎光臨天靈靈童話甜點屋！」

「雪嗶，你又換工作啦？上一次是在大風吹車站遇見你呢。」林捷看著雪嗶，她戴著粉紅色的頭巾，穿著粉紅色的圍裙，圍裙上有草莓蛋糕的圖案，看起來就像在甜點店工作的服務生。不過，如果不是雪嗶自我介紹，林捷根本無法辨認咩咩羊三姊妹，因為三姊妹長得一模一樣。

雪嗶吐吐舌頭說：「大風吹車站因為不明原因，暫時停止營業，我們三姊妹只好另外再找工作囉。」林宜注意到雪嗶的頭髮也染成粉紅色，甚至連睫毛都變成粉紅色。

「哼，廢話少說啦！快點問他們肚子餓不餓，叫他們進屋裡買甜點！」一旁的小精靈手叉著腰，瞪著雪嗶說。她的聲音因為不耐煩而提高不少。

「老闆，抱歉。這兩位是圖書館木指派的書偵探。」雪嗶說完，轉向林捷與林宜說：「請進，天靈靈童話甜點屋裡有豐盛美味的甜點，歡迎光臨享用！」

「哥哥，我們應該得先去圖書館木找星河，對吧？」林宜壓低聲音說。

「找人？你們人類書偵探可能不知道，在魔法世界裡有一句話：『要找人最快的方法，就是去童話甜點屋吃點心。』因為人來人往的甜點屋裡，說不定有你想找到的人哪！」小精靈提高了音量，說話的時候卻刻意不看著兩兄妹。

「但是我們的時間急迫，得趕著去救朋友的妹妹……」林捷看著小精靈說。

「別忘了這裡是魔法世界，對人類來說，不是你想去哪裡就能去哪裡，就算是什麼書偵探，也是一樣！你愈是急著找到路，就愈有可能找不到！哎呀，不小心又跟人類說了這麼多話，真討厭，哼！」

小精靈說完，快速的揮動翅膀，變成一個小光點，咻的一聲飛進甜點店。

林捷和林宜互相點了點頭，跟著天靈靈走進甜點店。一進入甜點店，一陣陣甜美的香氣飄散在空氣中。店裡還有兩位服務生，長得和雪嗶幾乎一模一樣，林捷和林宜兄妹知道一位是雪泡，另一位是雪可可。

「歡迎光臨天靈靈童話甜點屋，我是雪泡，好久不見！」雪泡穿著奶油黃色的圍裙，圍裙上的圖樣是香草色杯子蛋糕。林宜注意到雪泡的頭髮也染成奶油黃色，甚至連眼睫毛也是奶油黃色。

「兩位書偵探好，我是雪可可，這邊請坐！」雪可可站在櫃臺邊，她穿著淺紫色的圍裙，圍裙上的圖樣是紫色小圓餅乾——林宜猜紫色代表薰衣草。雪可可的頭髮染成淺紫色，長長的睫毛當然也是淺紫色。雪可可領著兄妹倆在一張圓形的木桌前坐下。

林宜注意到旁邊小精靈振動翅膀的頻率變得更為快速，小精靈正瞪大眼睛看著雪可可說：「笨蛋，你忘了介紹餐點！」

雪可可露出緊張的神色，從圍裙口袋裡掏出一朵紫色玫瑰花。

她輕輕的以食指碰觸花瓣，一片花瓣立刻飄落在桌面上。林捷發現桌面的木紋開始流動，他揉了揉眼睛，以為自己看錯了；但是這片紫色的花瓣如同一艘小船，在桌面隨著流動的波紋開始搖晃。

「兩位，容我介紹本店的招牌甜點：甜蜜蜜蘋果派。」雪可可說完，花瓣小船升起了透明船帆，上面出現蘋果派的圖案。

「這是菜單？」林宜目不轉睛的盯著桌面上的花瓣船。

「沒錯！這是本店老闆『天靈靈』特製的紫玫瑰菜單，可以看到真實的甜點影像，也能聞到香氣。甜蜜蜜蘋果派採用皇家幸福蘋果，那是生長在白雪公主婚後住家前的蘋果樹所結成的，每一口都吃得到白雪公主結婚之後的幸福滋味。如果你們想吃，只要我們的

老闆天靈靈輕輕揮一下魔杖，就會變成真正的蘋果派喔！」雪可可一口氣說完，然後偷偷看了她的老闆一眼，直到小精靈露出滿意的臉色，才讓雪可可鬆了一口氣。

「好特別！」林宜仔細看著透明船帆上的蘋果派，上面鋪滿已經烤軟的蘋果薄片，還塗滿亮晶晶的糖蜜，看起就像真實的甜點一樣，美味極了。

「可是，我們沒有錢吃甜點。」林捷吞了吞口水說。

「笨蛋！錢對我們來說，跟垃圾沒什麼兩樣！這裡不收錢，只收美夢！」林宜發現，天靈靈終於對著林捷說話——之前她都是透過咩咩羊三姊妹，間接對他們說話。

「美夢？這個代價對我來說很輕鬆呀！平常我很少做惡夢，大部分都是美夢呢！不過，為什麼只收美夢呢？」林捷看著天靈靈，一臉不解的說。

「因為我們靠美夢過活，美夢能讓我們做的甜點更美味，小孩子也不會發覺美夢被拿走，只會睡得更香甜！」天靈靈才剛說完，突然用雙手掩住嘴巴：「我居然又跟人類說話？真是不可原諒！笨蛋，都是你，沒解釋清楚，逼得我這個身分尊貴的甜點精靈，居然得開口和人類說話！我們甜點精靈族出身高貴，跟其他的族群不一樣。不能跟住在人類世界、不懂魔法的人類說話，有損甜點精靈的身分。還不快點介紹下一道甜點！」說完狠狠的瞪了雪可可一眼。

「是！老闆！」雪可可輕輕碰觸手上的玫瑰花，桌面又多了一艘美麗的紫色小船。雪可可清了清喉嚨說：「下一道是本店的人氣甜點：魔豆甜甜圈。採用傑克後院結出的魔豆，烘乾後磨成粉，做成的甜甜圈，皮脆內軟，散發出濃濃的魔豆香氣，令人垂涎三尺。」

「可是，我記得傑克為了要躲避巨人的追趕，把豆莖砍斷，怎麼還能結出魔豆呢？」林捷開口問。雪可可露出猶豫的神色並看向天靈靈，天靈靈滿臉不耐煩的說：「哼！問題真多！因為世界上不是只有那一株魔豆而已，我們有管道可以拿到其他的魔豆，不行嗎？」

「請問一下，有沒有哪一道甜點，吃了之後，可以找到我們的朋友？」林宜開口問。

「有喔！」天靈靈回答十分乾脆。聽到天靈靈的回答，兄妹兩人滿臉期待的看著雪可可。

雪可可卻支支吾吾的說：「老闆，真抱歉，我不知道是哪一道甜點。」

天靈靈生氣的瞪著雪可可說：「真笨！你不知道是正常的，因為只有精靈才知道。讓我來吧！」天靈靈說完，揮動手上的魔法棒，雪可可手上的玫瑰立刻落下兩片花瓣，花瓣上分別出現一座如手掌大小的小屋，與閃著光芒的蛋糕切片。

「是糖果屋！」林捷和林宜看著精巧無比的迷你屋，屋頂與屋身裝飾著各種顏色的糖果與糖霜，兩人忍不住同時發出驚呼。

「沒錯，這是本店的招牌甜點之一：糖果屋這上面的糖霜調入稀有的精靈花粉末，吃了讓你像花精靈一樣，長出翅膀飛起來……」

「可是，我們希望吃了甜點，可以找到想找的人，不是為了飛起來。」林捷說。

「笨蛋，我還沒講完啦！隨便打斷別人說話，真沒禮貌，哼！」天靈靈睜大眼睛，狠狠的瞪了林捷一眼，又撇過頭去——這讓林捷覺得有點尷尬。

林宜急忙開口：「天靈靈，對不起，我哥哥不是故意的，他只是比較心急。我猜應該是要和另一道甜點一起吃，才會出現找人的能力，對吧？」

天靈靈看了林宜一眼，視線回到桌上的甜點影像，表情嚴肅的說：「沒錯！糖果屋必須搭配萬丈星芒蛋糕一起享用。萬丈星芒蛋糕用的是童話中從天而降的星星銀幣光芒烘烤而成，才會有如此光彩奪目的外型。只要同時吃下這兩份甜點，在心中呼喊你們想找的人的名字，那個人就會立刻出現。」

「太好了，我們就點這兩份餐點囉。」林捷開心的說。

「很抱歉，這兩道甜點不是你說點餐就能點。萬丈星芒蛋糕在一百年前被一個識貨的客人點過。目前因為材料短缺，暫時不供應。」

天靈靈的回應讓兄妹倆失望極了，同時重重的嘆了一口氣。

「不過，我想你們是書偵探，如果你們願意幫忙找材料，我可以破例為你們特製這道甜點！」林捷和林宜都注意到了，天靈靈這一次終於直視他們兄妹二人說話。

「要到哪裡找材料呢？老實說，我們對這個世界並不熟悉。」林捷問。

「你們真的是書偵探嗎？大家都知道，童話甜點的材料，當然得去圖書館木的童話書區裡找呀！我好不容易才等到有人可以幫我尋找萬丈星芒蛋糕的材料，你們得找到〈星星銀幣〉故事裡的那個女孩，取得銀幣，帶回來這裡交給我，懂嗎？」天靈靈雙手抱胸前，直視著林捷兄妹。

「可是，我們不知道怎麼進入圖書館木，每一次都是小書籤帶我們去的。況且這次最重要的任務是救星河的妹妹星月，真抱歉，我們幫不上忙。」林宜一臉不好意思的說。

林捷接著說：「如果我們知道如何到圖書館木，就可以直接去找星河，根本不需要在這裡吃甜點呀。」天靈靈聽了，臉頰氣得脹紅，翅膀快速揮動，發出啪啦啪啦的聲音，她大聲說：「你們兩個無知的人類，以為天靈靈甜點屋是想來就來，想走就走的地方嗎？都已經進了門，還看了甜點菜單，沒答應我找到材料，我就讓你們永遠走不出甜點店！」雖然天靈靈個子小，她說話時散發的氣勢，讓林捷和林宜感受到一股壓力，兄妹倆不知道該如何是好。

「我可以帶你們去圖書館木！」突然有個熟悉的聲音傳來，但是林捷和林宜環顧四周，卻看不見說話的人。

「是法拉拉吧！你別躲在隱形斗篷裡，還不快點現身！」天靈靈直望著林捷的背後說話，接著，有一個人影夾帶一陣風，出現在大家面前。

「法拉拉？」看到眼前披著黑色斗篷的魔法師，林捷和林宜驚訝極了。法拉拉是小書籤的妹妹，他們曾經在迷路市場裡見過法拉拉。

「兩位書偵探，我們又見面囉！」法拉拉露出淺淺的笑容。

「哼！法拉拉，看在你是本店的常客，我就不計較你偷聽我們講話的無聊行為。」天靈靈滿臉不高興的說。

法拉拉連忙堆起笑臉：「別生氣嘛！我剛好進門，聽到你們的對話，我願意犧牲吃甜點的時間，帶這兩個人類小孩去圖書館木，也算是幫了你大忙，對吧？」

天靈靈雙手抱胸說：「哼！是沒錯啦！不過最好快去快回，務必要帶這兩個書偵探回來店裡，我們還有重要的事情要做。」說完，又轉頭瞪了兩兄妹一眼。

「天靈靈，這件事交給我，你就等我的好消息吧！兩位書偵探，跟我走吧！」法拉拉伸出雙手，用力的揚起身上的黑色斗篷，林捷和林宜同時被覆蓋在一片黑暗之中，瞬間消失。

第三章

尋找星星的光芒

感覺只是一眨眼的時間，林捷和林宜發現自己已經站在一片森林中了。

「法拉拉，你怎麼知道我們在天靈靈童話甜點屋裡？」林宜想起法拉拉跟她的哥哥小書籤的心結，當時林宜和林捷也是捲入兩人的紛爭，所以當法拉拉到甜點店帶他們兄妹倆離開時，林宜覺得很驚訝。

「有人託我帶你們進入圖書館木。」法拉拉面無表情的回答。

「是星河嗎？」林捷問。

法拉拉搖搖頭，林捷覺得法拉拉並不想回答這個問題，他又繼續開口問：「所以我們在圖書館木找到星星銀幣之後，要再回到天靈靈甜點屋嗎？」

「當然不用，我只是哄哄那個難纏的小精靈，星星銀幣有更重要的用途——噓，有人來了，安靜！」經法拉拉這麼一說，林捷和林宜才開始觀察周圍的環境：四周的樹又高又大，遮住了陽光，他們身處在一片看不見盡頭的森林中。有個小女孩穿著一身紅色的斗篷，提著野餐籃，朝他們走來。

「那不是小紅帽嗎？」林宜露出驚喜的神情。

「是誰在說話？」小女孩停下腳步，神色慌張的四處張望。法拉拉瞪了林宜一眼，林宜才想起，他們還在法拉拉的隱身斗篷裡。

「只是風而已！」法拉拉模仿風的聲音說話，小紅帽猶豫了一下，拉緊身上的斗篷，再度邁開步伐往前走。小紅帽漸漸走遠，一隻目露凶光的大野狼跟著出現在她後面。此時法拉拉用眼神示意，要兄妹倆別發出聲音，等大野狼消失在他們面前之後，法拉拉才壓低聲音說：「這裡是圖書館木裡的童話書區，我們要找的是一個用裙子接住星星的女孩。你們看到其他的童話人物，最好都別驚動他們——否則遇到圖書館木的管理員就麻煩了。」

聽到法拉拉的話，林捷眼睛一亮說：「管理員——你是指小書籤和小書丸嗎？」

「我最不想遇到的就是他們兩位。但是圖書館木的圖書館員可不只他們兩個，尤其這裡是童話書區，隨時都會遇到巡邏的館員，你們兩個要跟緊我的腳步，別亂跑，別亂說話。」法拉拉一臉不耐煩的回答。

林捷和林宜互看了一眼，他們都清楚法拉拉的意思。法拉拉原本也是圖書館員，因為活人書區中的大大巫婆被偷走，讓法拉拉被降級。法拉拉一氣之下離開圖書館木，鑽研魔法，立志要成為最厲害的魔法師，打敗哥哥小書籤。但是林捷、林宜兄妹倆此時都希望能遇到小書籤，林捷清了清喉嚨說：「如果……如果我們遇到用裙子接住星星的女孩，但是圖書館員突然出現呢？」

「我會想辦法，輪不到你來操心！」法拉拉瞪了林捷一眼，邁步向前走。三人離開了森林深處，走到一棵大得驚人的樹下。林捷目測大樹的主幹大約需要十五個和自己一樣大的小孩手拉手，才能把它圍住。法拉拉突然縱身一跳，被包圍在隱形斗篷內的林捷和林宜也不由自主的跟著往上跳；林宜驚訝的發現，他們現在竟然站在大樹的枝幹上。

「就在這裡等一陣子吧！」法拉拉說完，立即坐下來。

「在這裡就可以等到那個女孩嗎？」林捷問。

「不一定，但是森林是許多童話人物會出現的重要地點，那個女孩如果要用裙子接住星星，應該在草原，但是她可能會從森林裡走出來。這棵樹正好位於森林和草原的交界處，所以在這裡等，遇到

她的機會最大。」

「我們現在真的在圖書館木『裡面』嗎？」林捷站在樹上，一邊環顧四周。如同法拉拉所說，從他們所在的大樹望去，一邊是茂密無邊的森林，一邊是廣闊的大草原。林捷無法想像圖書館木能容納這麼大片的森林與草原。

「哼！人類的思考真是容易被眼睛看到的景象蒙蔽呢。別忘了，圖書館木可不是人類認知的一般樹木，裡面的書區多不勝數，就算曾經是圖書館員的我，也有從未去過的書區。順便告訴你，童話書區裡，還有河流與大海呢。」

林宜的眼睛立刻發亮，她興奮的問：「所以曾經在小河漂流的拇指姑娘，和生活在大海裡的小美人魚也在這裡嗎？如果有機會，我真想見見她們呀！」

「別太興奮，你們還有重要任務要完成。不知道還要等多久，我們先坐下來休息吧！」法拉拉說完，立即以舒適的姿勢躺在粗壯的枝幹上。

雖然被法拉拉潑了冷水，林捷與林宜依然興致高昂的往四周張望。突然，林捷興奮的指著森林某處大喊：「有個男孩和女孩！男孩正低著頭找東西——會不會是〈糖果屋〉裡那對兄妹呢？」

「噓！小聲一點！」法拉拉瞪了林捷一眼，低頭看了一下說：「你猜的沒錯！我已經很久沒見到他們了，不過從前還擔任圖書館員的時候，倒是常遇到他們。」

「看來，他們還沒找到糖果屋呢！」林宜說。

「咦？真的耶！糖果屋在哪一個方向呢？」林捷把手放在眼睛上方，四處張望，仔細搜尋糖果屋的位置。

法拉拉懶洋洋的開口說：「傻瓜！別浪費力氣找糖果屋！別忘了糖果屋是巫婆用魔法變出的房子，當然要等到故事發展到巫婆出現，才會有糖果屋的存在。反正現在我們要做的事情，就是等待，你們一直觀察下面的動靜就知道了。」

聽了法拉拉的話，林捷繼續仔細觀察那對兄妹的行蹤，此時林宜突然指著另一個方向，壓低聲音說：「那個女孩是不是我們要找的人呢？」

法拉拉立刻站起來，朝那個女孩看了一眼說：「沒錯！沒想到這麼快就來了！」

林捷順著林宜手指的方向看去，有個和林宜年紀差不多大的女孩，穿著單薄的衣衫，赤著腳，獨自從森林中走出來。

「我們得準備好，一旦她把身上的衣服送給別人，銀幣就可能隨時從天而降。來吧，快躲進我的斗篷裡！」法拉拉神情嚴肅的說。

林捷和林宜立刻站在法拉拉的兩側，法拉拉拉開斗篷，同時包覆自己與林捷兄妹。一陣急促的風聲過後，林宜發現自己的雙腳已經穩穩的站在草原上，女孩就站在離他們十步距離的地方。

「哦！好心的女孩，我和我的孩子冷得要命，可以請你幫幫我們嗎？」在法拉拉開口說話的同時，林捷發現法拉拉變身為一個衣衫比女孩更破舊的婦人，而他和林宜也成了臉髒兮兮、赤腳的小孩。

小女孩用充滿抱歉的語氣說：「可惜我的外套和鞋子都送給別人了。太陽已經下山，天就快黑了，不如我把身上的衣服都送給你們吧。」說完，就把身上的衣服脫下來，遞給法拉拉。

「謝謝你，你真是個好心人！老天爺會保佑你的！」法拉拉說完，轉身拉著林捷與林宜，快速往反方向離開，三人沒入即將被夜色吞沒的森林裡。

「你們兩個要記得，等一下星星銀幣從天而降的時候，你們要立刻拉開上衣或是裙子，裝愈多的星星銀幣愈好，聽到了嗎？」法拉拉說完，立刻領著兄妹倆躲在最靠近草原的一棵大樹後方。

此時天色已經完全變黑，星星在天空中微微閃爍，突然間一道閃亮的光芒劃過天空，緊接著又一道，接下來有數不完的光芒不斷劃過天際。女孩抬起頭，林捷與林宜也被法拉拉一把推出大樹後方。天上的星星頓時一顆顆墜落，女孩看呆了，林捷兄妹也被眼前的奇景吸引，幾乎忘了還有重要任務。

幾分鐘後，林宜想起法拉拉的交代，她立刻把裙子拉起，讓無數星星銀幣掉在裙子上，直到雙手無法承受銀幣的重量為止。過了一會兒，夜空再度恢復黑暗與寧靜。林宜看著在裙子上閃閃發光的

銀幣，想像自己現在也變成童話中的一個角色。

「不要動！我要以偷竊童話書區的財產，逮捕你們！」原本站在草原上撿拾星星銀幣的女孩突然轉身，手上拿著魔法棒，指著林捷和林宜。女孩原本溫柔的眼神突然變得銳利，光溜溜的身體也換上另一套嶄新的衣裙。

第四章

星月的神祕計畫

「快說，你到底是誰？好大的膽子，竟敢偷星星銀幣！」女孩充滿警戒與敵意的眼神，讓裙子上裝滿星星銀幣的林宜覺得十分尷尬與羞愧。

「對不起，我們只是幫別人的忙，真的不是故意的。」原本躲在大樹後方的林捷，連忙走出來。

「巡守員，是我讓他們來的，他們兩位是我任命的圖書館木書偵探，的確有任務在身。」一個又瘦又高的男子突然出現，他身上穿著黃色長袍，頭髮又短又直，林宜看了驚喜的大喊：「小書籤！你終於出現了！」

女孩皺著眉頭說：「小書籤？你居然可以直呼一級圖書館員的名字？好吧，我想我誤會你們了。可是剛才還有一名可疑的女人，我猜她是魔法師，她到哪裡去了？」

「這個交給我處理就行了，你可以繼續巡邏，順便留意其他可疑人物的行蹤。有狀況，隨時回報。」小書籤一臉威嚴的囑咐。

女孩慎重的點頭說：「是的，了解！」然後立刻往森林走去。

「小書籤，謝謝你！」林宜正要走到小書籤身邊，林捷卻一把拉住她，對著「小書籤」說：「你不是小書籤，對吧？」

「哼！厲害的書偵探，真是不能小看你們！你怎麼知道我不是小書籤？」小書籤的聲音突然變成女生的聲音，讓林宜嚇了一大跳。

「因為小書籤身邊，總會跟著小書丸和彩花籽，但他們卻不在附近。而且這一次，根本不是小書籤給我們的任務。」林捷說。

「呵，星月，還好你出現了，剛才真是驚險！好厲害的變身術，居然能瞞過圖書館巡守員的眼睛！」此時，法拉拉突然現身在小書籤身邊，親暱的拉起他的手。瞬間，「小書籤」立刻變成一個個子嬌小、滿頭捲髮的女孩；她一身黑衣裙，穿著一襲黑色斗篷，和法拉拉一樣。

「星月？難道你是星河的妹妹？」林捷驚訝的說。

「沒錯，星河是我哥哥！」星月抬頭盯著林捷。

「你哥哥拜託我們來救你，但是我們和他走散了！」林捷說。

只見星月面無表情的說：「我知道，因為這一切都在我的計畫之中。」

「計畫？你的意思是……你被綁架這件事是假的？」林宜突然若有所悟。

「假的？你哥哥很著急呢！他真的很關心你，你怎麼可以欺騙他？」林捷忿忿不平的說。

「不愧是書偵探，果然一點就通！我當然不想欺騙疼愛我的哥哥，但是我必須藉助哥哥來幫我達成計畫。」星月說。

「什麼計畫？」林捷反問。

星月嘆了一口氣說：「很抱歉，現在我還不能說出我的計畫。但是接下來，我還是需要兩位的幫忙。」

「如果我們不願意幫忙呢？」林捷雙手抱胸，用警戒的眼神看著星月。

「那就不勉強囉，我會請法拉拉送你們回去。不過，如果你們想知道林宜胸口項鍊裡藏的那片玻璃的祕密，可能永遠都找不到答案囉。」星月語氣淡然的說。

「你怎麼知道我的項鍊裡有一片玻璃？」林宜露出驚訝的表情，一邊用右手按住胸前的墜子。

「我想，我應該知道很多你們不知道、但是很想知道的事情。」

星月的語氣帶著些許神祕，說完還對著林宜眨了眨眼睛。林宜深吸了一口氣，心裡暗暗想著，星月的話實在讓她無法拒絕。她看了看哥哥林捷，他也因為星月的話陷入思考之中。

「好吧，你說說看，需要我們幫什麼忙？」林宜不等林捷開口，直接提問。

星月露出滿意的微笑說：「首先謝謝你幫忙接住了星星銀幣，你可以把手放下來了。」星月這麼一說，林宜才發現自己的雙手依然緊拉著裙擺，裙子上的銀幣沉甸甸的，她的手早已經又痠又疼。當她一鬆手，銀幣嘩啦啦的掉落地面，堆成一座的發光小山。星月蹲下來在銀幣堆中撥了又撥，從中拿出一枚金幣，露出欣喜的表情。

「裡頭怎麼會有金幣？這枚金幣有什麼特別之處嗎？」林宜問。

星月點點頭說：「這枚金幣的確特別，至於為什麼特別，到時候你們就知道了。總之，謝謝你們，如果不是你們和法拉拉，我也沒辦法找到這枚金幣。」

說完，立刻把金幣放進自己的手心，緊緊握住。

「所以，我們會跟星河走散，流浪到小仙子天靈靈的甜點屋，接著遇到法拉拉，再抵達圖書館木，這些都在你的計畫之中囉？」林捷用銳利的眼神看著星月。

「可以這麼說，聰明的書偵探！其實，時光泡泡也是我託法拉拉拿給哥哥，我當然在上面動了一些手腳，這樣才能讓你們和哥哥『不小心』失散，因為如果哥哥也一起來了，他一定會阻止我的計畫。但是根據我的情報，要完成我的目標，有書偵探的幫忙，成功的機率比較高，我知道哥哥曾經在迷路市場跟你們見過面，只好用這樣的方法，讓哥哥把你們帶過來。」星月繼續說：「不過，我還真擔心你們從時光泡泡掉出來時，不是恰好落在天靈靈的童話甜點屋——萬一掉入巨人的湯碗裡或是兔子洞就慘了。幸好，法拉拉及時追蹤到你們，幫了大忙。」

「星河掉到哪裡去了？你都不擔心嗎？」林宜皺著眉頭問。

「我哥？別擔心，好歹我們是熊族，哥哥是很強壯的。況且，我們從小就在魔法世界成長，對於魔法世界與圖書館木的熟悉度，也比你們人類多很多。」星月一臉輕鬆的說。

「所以即使星河行蹤不明，你也不擔心囉？」林宜問。

「別小看星河，他有能力處理那些麻煩！別浪費時間了，星月，我們下一站應該去哪裡？」法拉拉說完，看著星月。

「下一站應該是去拼圖書區，但是我們得先找到拼圖書區的入口才行，走吧！」說完，星月拉著林宜和林捷，繼續往前走。

第五章

拼圖書區的入口

出乎林捷的意料，他以為星月和法拉拉只要用幾秒鐘的時間，就可以帶他們到拼圖書區的入口。沒想到星月只是領著他和妹妹林宜，在一望無際的草原不斷繼續往前走。

他們從不斷有流星劃過的夜晚，一直走到天際微亮，太陽即將升起。奇妙的是林捷絲毫不覺得疲累；身旁的林宜的精神看起來也很好。草原似乎沒有盡頭，林捷很想問還有多久才會到目的地。但是星月和法拉拉只是默默的低著頭走路，像是在搜尋什麼東西似的。偶爾才抬起頭，用警戒的眼神觀看四周。

「請問，你們在找什麼呢？」林宜蓁著星月暫時停下腳步的時候，輕聲的問。

「對呀，告訴我們，我們也可以幫忙找喔。」林捷接著說。

「剛剛還是黑夜，我想人類的視力不夠好，所以沒多說。現在天快亮了，就告訴你們吧——我們要尋找的是瞇瞇羊的大便。瞇瞇羊專吃珍貴的魔法書籍，據說牠們吃掉了進入拼圖書區的關鍵魔法書，如果能找到瞇瞇羊的糞便，就有機會找到拼圖書區的入口。」星月回答。

「大便？我看過山羊大便，圓滾滾的，很像奶奶常吃的黑漆漆中藥丸。」林捷說。

「瞇瞇羊的大便比一般山羊的更小，顏色也不是深棕色，而是淺黃色。」法拉拉解釋。

「你們找到拼圖書區之後，想做什麼呢？」林捷問。

「當然是找我的媽媽啊！我對媽媽的記憶很模糊，只記得媽媽曾抱著我，為我梳頭髮，她的手好溫暖，聲音好溫柔。直到有一天，媽媽出門後再也沒有回來，我跟哥哥都不知道原因，一轉眼好多年過去了，我好想念她！前陣子我無意間看到一份文獻紀錄，裡面記載著圖書館木因為收藏許多珍貴的魔法書，被不良魔法師潛入攻擊，差點變成廢墟。為了保護圖書館木和那些魔法書，圖書館館員聯合一批善良的魔法師，協力將最珍貴的魔法書藏在拼圖書區，並且把拼圖書區的入口藏在某一本稀有魔法書中。這份文件中還記錄了負責協助守護拼圖書區的魔法師名單，我在裡面看到了媽媽的名字——桂花雨。」星月說完，臉上盡是哀傷的神情。

法拉拉接著說：「據說這本拼圖書區的入口魔法書被瞇瞇羊吃掉了，瞇瞇羊吃掉書之後，要經過很長的時間才會排出大便。只要能找到瞇瞇羊，並把糞便還原成魔法書，就有希望找到拼圖書區，也就能找到星月的媽媽。」

「原來如此！找到瞇瞇羊的排泄物，就等於找到拼圖書區的入口。我跟哥哥也一起幫忙找，希望我們運氣夠好，能順利找到。」林宜說完，林捷也點點頭，兄妹倆專注的加入尋找的任務。

搜尋一陣子之後，林宜發現即使天亮了，要在這片大草原中找到山羊糞便，也不是件容易的事，何況是比山羊糞便更小的瞇瞇羊大便。

「是這個嗎？」林宜指著葉子上一小串圓珠狀的東西。

星月看了看說：「很像，但可惜不是。那是水晶蝴蝶的卵，它也非常稀有，十分珍貴。真正的瞇瞇羊大便，不會像露珠一樣掛在葉子上，而是直接滾落在泥地，也不會有透明感。」

此時林捷退後了一步說：「那這個呢？」當他抬起腳，發現地上有三顆淺黃色圓形小珠，其中一個已經被他踩扁了。

星月迅速的蹲下，小心翼翼的撿起三顆小圓珠放在手掌心；她仔細看了又看，甚至還用鼻子聞一聞，然後露出欣喜的神色說：「太棒了！這絕對是瞇瞇羊的糞便！運氣真好，這麼快就找到！」

法拉拉也開心的說：「瞇瞇羊是一種很難掌握行蹤的生物，即使魔法師也無法僅憑藉魔法找到牠們；據說有人花了十幾年尋找瞇瞇羊，一點兒蹤跡也找不到。」

「可是，我們只找到瞇瞇羊的排泄物，並沒有找到瞇瞇羊呀！」

林宜說。

「根據我的計算，今年恰好是瞇瞇羊會排便的時間，排出糞便之後，牠就會停下來休息一陣子。我們找到瞇瞇羊的糞便，就表示瞇瞇羊離這裡不遠了。我剛才聞過這三顆糞便，味道十分新鮮，瞇瞇羊應該就在附近。」星月說。

法拉拉接著說：「照理接下來應該可以找到更多瞇瞇羊糞便，我們繼續找吧！」

果然如同法拉拉所說，接下一路上瞇瞇羊的糞便不斷出現，每一次都是兩、三顆；大家每走一步之前，都先看看地上有沒有瞇瞇羊大便，才繼續走下一步。星月拿出一個黑色的皮革小袋子，十分珍惜的把所有的瞇瞇羊糞便裝入袋中，包括被林捷踩扁的那一顆。

林捷抬起頭來發現陽光已經逐漸微弱，天色又要轉暗，一天就這麼過去了。一行人又走了一陣子，寬廣的草原上，出現一棵高大壯碩的樹。林宜指著大樹說：「你們看，樹下好像有隻小動物。」

「可能是瞇瞇羊，看起來正在睡覺——據說瞇瞇羊排便之後，會連續睡幾天幾夜。我們安靜的慢慢走過去，但是沿路還是得繼續採集羊糞便喔。」星月囑咐所有的人。

當星月與法拉拉帶著兄妹倆來到大樹下，柔和的夕陽透過樹葉的縫隙灑落地面，為四周染上一層金色的光暈。

樹下有一頭白色的小羊，看起來和一隻貓的大小差不多，正舒服的倚在樹幹旁呼呼大睡。

「瞇瞇羊看起來好小，好可愛喔。」林宜忍不住輕聲說。

「這隻瞇瞇羊的年紀應該不小了，聽說剛出生的瞇瞇羊，和老鼠差不多大。星月，能找到瞇瞇羊真是太好了！現在應該可以開始

了！」法拉拉說完，立刻站在星月的面前。星月點點頭，拉著法拉拉的手，一起走到瞇瞇羊旁邊。然後慎重的把蒐集來的瞇瞇羊糞便，從黑色皮革袋子裡倒出來，放在法拉拉的手心。接著她從斗篷口袋裡，拿出在童話書區撿來的金幣。兩人像是約好似的，同時把手上的金幣與羊糞便用力往上一拋，並齊聲說：「圖書館木之神，請賜給我們拼圖書區的入口！」就在這瞬間，瞇瞇羊睜開眼睛，「咩、咩！」叫了兩聲，金幣再度化為星星，飛向天空；瞇瞇羊的糞便則變成一張張紙，慢慢的飄落地面。

儘管林捷與林宜這對兄妹已經經歷過許多奇妙的事，眼前這一幕還是讓他們看得目瞪口呆，驚訝不已。星月和法拉拉看到散落滿地的紙張，開心的手拉手，發出歡呼聲。

「太棒了！沒想到居然成功了。說真的，我原先一點把握都沒有呢。」星月開心的說。

「是呀！能找到拼圖書區的入口，真是太好了！」法拉拉說完後蹲下身，迅速的撿起地上的紙張。

「入口？入口在哪裡？」林捷四處張望，沒有看到任何的門或是地洞，他甚至仔細檢查眼前的大樹，也不見隱密的暗門。

「拼圖書區的入口就在這裡！」法拉拉指著她手上的那一疊紙張說。

「啊？這是入口？」林捷和林宜異口同聲的發出驚嘆。

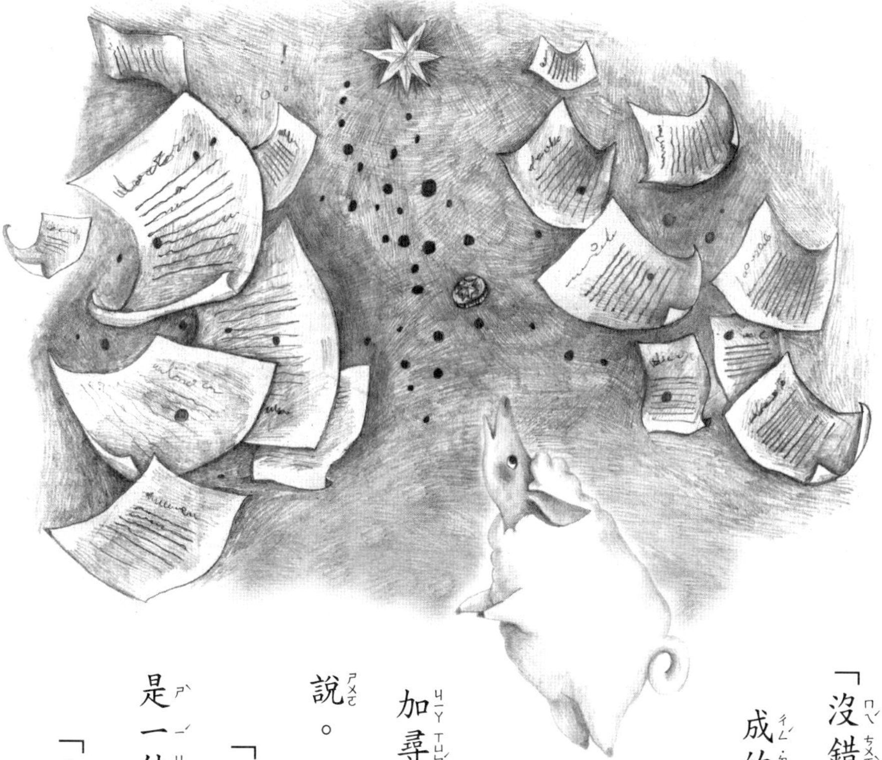

「沒錯！這是由瞇瞇羊的糞便還原而成的稀有魔法書。瞇瞇羊的食物就是稀有的高級魔法書，圖書館木的圖書館員讓瞇瞇羊吃掉了藏有入口魔法之書，增加尋找拼圖書區的難度。」法拉拉說。

「所以要找到拼圖書區的入口，是一件很困難的事呢！」林宜說。

「沒錯，不只是困難，簡直就是

不可能的任務——圖書館木裡容易迷路，瞇瞇羊又居無定所，沒有人知道牠們的行蹤，加上我們還得蒐集牠們的糞便。沒想到，我們真的找到了！」星月激動的說。

「星月，問你一個問題喔。你剛找到瞇瞇羊糞便時，聞了一聞，應該是要確定它是否具有古書紙張的味道，對吧？」林捷問。

「你的觀察力不錯嘛！沒錯，確認排泄物的味道，也是判別是否為瞇瞇羊糞便的重要指標。」星月的眼神帶著一點讚許的意味。

林宜看了一眼法拉拉手上的紙張，上面寫滿密密麻麻的文字，可惜她完全看不懂。她開口詢問：「有了這疊紙，你們就能用魔法進入拼圖書區了，對嗎？」

星月搖搖頭說：「這不是一般人能做到的事，即使我和法拉拉認真學習魔法多年，也很難辦到，必須找專業的書籍修繕師才行。」

「要去哪裡找呢？」林捷問。

「最棒的書籍修繕師都在圖書館木裡，法拉拉的哥哥小書籤，就是其中之一。」星月說。

「小書籤？」林捷和林宜同時發出驚呼，他們不知道小書籤原來也有書籍修繕師這個身分。

「哼！書籍修繕本來就是每個圖書館木館員的必修課程。當年如果我沒離開圖書館木，現在我也會是個優秀的書籍修繕師！」法拉拉一臉不服氣的說。

「所以要找小書籤修這本書嗎？」林宜的眼神充滿期待。

星月搖搖頭說：「小書籤是圖書館木一級館員，為了保護珍貴的魔法書，他一定會阻止我的計畫。他的徒弟小書丸雖然沒那麼厲害，但是能力應該足以修復這本書，就找小書丸來吧！」

「可是，小書丸總是跟在小書籤身邊，你找小書丸來，小書籤應該會馬上就知道了。」林捷說。

「我知道，所以我早已經想好方法！」星月露出自信的笑容，對著林捷兄妹眨了眨眼。

第六章 書籍修繕師

星月脫下她的黑色斗篷，遞給法拉拉說：「就交給你囉！」

法拉拉點點頭，也脫下自己的黑色斗篷，把兩件斗篷攤開平鋪在地面上。然後她輕輕的抱起陷入睡夢中的瞇瞇羊，將牠放在兩件斗篷中間，也把剛才收集的書頁放在斗篷上。她從袖口抽出魔杖，嘴裡唸唸有詞的往斗篷上揮了幾下，突然出現劈里啪啦的火光，一個體型渾圓，臉色紅潤，穿著紫金色長袍的人從斗篷裡鑽出來。

「小書丸！」林宜一眼就認出眼前的人，他有張圓圓的臉和胖胖的身材，挺著圓滾滾的肚子，穿著一身紫色衣服。雖然林宜從來沒看過小書丸變成人形的樣子，但是從他帽子上的那顆綠寶石，林宜馬上就知道他是小書丸。小書丸看到林捷兄妹時露出驚喜的眼神，但是一看到星月和法拉拉，臉色轉為嚴肅。他說：「我會莫名其妙跑到這裡，應該是你們兩個的傑作，對吧？」

「沒錯，我們請你來，是你的榮幸！」法拉拉雙手抱胸，低頭看著小書丸。林捷才發現原來小書丸的個子和自己差不多。

「榮幸？魔法師進入圖書館不需要許可證，但我不記得你們有提出申請。還有兩位書偵探應該也是你們帶進來的吧？最近我可沒聽師父說過要請書偵探進圖書館木幫忙。」小書丸一臉不高興的說。

星月連忙開口：「兩位書偵探是我特地請他們來幫忙重要的事，

而且我們也需要你的協助——我們找到了拼圖書區的入口之書，想請你幫忙修復入口之書。」

一聽到星月的話，小書丸的眼睛立刻亮了起來，驚訝的大喊：

「入口之書？你們居然找得到瞇瞇羊？」

法拉拉點點頭說：「沒錯！所以你可以開始修復入口之書了嗎？」

「等一下，為什麼要我幫你們做這件事呢？你們到底在盤算什麼？」小書丸偏著頭，用質疑的眼神看著星月和法拉拉。

「拼圖書區的入口之書是稀少的高級魔法書，也是每個書籍修繕師夢寐以求的夢幻之書；聽說書籍修復之後，會散發濃郁無比的古老圖書館木香氣喔。」聽到法拉拉說的這番話，小書丸露出陶醉又嚮往的表情。林捷知道法拉拉完全抓住小書丸的弱點——小書籤曾經說過，小書丸以圖書館木的書香為食物，而且十分容易被食物吸引。這麼棒的美食當前，小書籤根本無法抵擋。

「好吧！連師父都沒親眼見過入口之書，這也算是個學習的好機會，我就試試看吧。」果然一如林捷的預測，小書丸臉上的疑慮完全消除，取而代之的是欣喜的表情。

「太好了！這樣就不用浪費時間！」法拉拉笑著把一張張書頁遞給小書丸。小書丸一接過書頁，第一件事就是把鼻子埋進紙張深吸一口氣，然後一臉陶陶然的說：「哇！這真是如假包換、上好的圖書館木紙漿製成的紙張呢！好香，好濃！」

經小書丸這麼一說，林捷與林宜也忍不住深吸了一口氣，但是除了吸進了凜冽的夜晚空氣，沒有其他的氣味。林捷忍不住問：「小書丸，我和林宜聞不出來，是因為我們是人類的關係嗎？」

小書丸點點頭說：「應該是吧。不過師父說過，我的嗅覺特別發達，又貪吃，很適合當書籍修繕師。這本書如果被修復了，香氣一定會比現在濃很多倍，說不定你們也可以聞得到。」

「真的嗎？」林宜露出期待的眼神。

小書丸小心翼翼的把書頁遞給林捷：「請你先幫我拿著。」然後從衣袖拿出一個深紫色的布包。布包裡裝滿大大小小、細細長長的針，還有一卷銀色的線。小書丸挑了一支最長的針，以拇指和食指輕輕捏著，然後在空中揮動三下；那支針不斷的變長，變大，最後變成一支魔杖。

「林捷，請你把書頁放在我的左手上方！」說完，小書丸伸出左手攤開手掌。林捷把一整疊輕如羽毛的紙張放在小書丸的手掌上，小書丸拿起魔杖指向書頁，嘴裡一邊唸唸有詞，書頁開始緩緩從小書丸的手中向上飄浮。林捷看得出來是魔法讓書頁往上升起，然後一張張散開，接著像排隊似飄在空中。連星月和法拉拉都以驚訝的眼神看著書頁像一條長長的淡黃色彩帶，飄浮在空中。

小書丸輕輕的揮動魔杖，林宜發現飄浮的書頁似乎聽從魔杖的指揮，跟著魔杖的方向慢慢移動；當小書丸用力揮動魔杖，空中的書頁移動的速度也變快了。小書丸開始用魔杖在空中劃起大圈圈，書頁也成為一個巨大圓圈，在月光的映照下，閃閃發亮。

「去！去！去！」小書丸突然揮動魔杖大喊，書頁在瞬間急速墜落，一頁接著一頁，不偏不倚、整整齊齊的落在小書丸的左手上。小書丸把手上的魔杖扔回紫色布包裡，魔杖自動變成原來的大小。

「呼！順序排好了！接下來要把這些書頁組合成一本書。」儘管小書丸額頭冒著汗，但是他立刻抽出布包裡另一支細小的針，往空中一拋，有一股隱形的力量，讓針的長度不斷的拉長，直到小書丸大喊：「停！」，針從空中不偏不倚的落入小書丸手中。小書丸拿著長長的針，手勢十分靈巧敏捷，快速的縫合書頁。轉眼間，小書丸手中的紙張成了一本書。

星月滿臉期待的問：「完成了嗎？」

小書丸搖搖頭說：「只剩下最後一個步驟了——那就是要『叫醒這本書。』」

「叫醒這本書？要怎麼叫醒它啊？」林宜問。

「這本書被瞇瞇羊吃進肚子裡後，就進入睡眠狀態；雖然星月和法拉拉用魔法把書從糞便的狀態，還原成書頁，但它依舊還沒恢復正常的運作。」小書丸說。

「就像動物冬眠一樣嗎？」林捷問。

小書丸偏著頭想了一下說：「有點接近。這本書的睡眠模式，應該是由當初設定拼圖書區入口之書的圖書館木一級館員設計的。如果不用正確的方法，這本書是無法醒過來喔。」

「那你知道叫醒這本書的方法嗎？」林捷問。

小書丸搖搖頭說：「很遺憾，我不知道。因為師父上書籍修繕課時，只說過必須要讓發現這本書的人來叫醒書。」

「所以，是誰發現這本書呢？應該算是林捷，還是星月呢？」法拉拉著急的說。

「一開始看見瞇瞇羊糞便的是我，但是確認者是星月。後來大家都有一起撿，所以應該是大家一起找到這本書！」林捷說。

「這樣聽起來，你們四位全都算是發現書的人，接下來就靠你們自己了。」小書丸說。

「可是，我不知道叫醒入口之書的方法呀！」林宜驚慌的說。

林捷拍拍林宜的肩膀說：「別慌，還有星月和法拉拉！」

「先讓我試一試吧！」法拉拉從小書丸手中拿起入口之書，緊抱在胸口；她深吸一口氣之後，從斗篷裡抽出魔杖，指著入口之書，口中唸唸有詞。但過了許久，並沒有特別的動靜或變化。法拉拉露出失望的表情，摸了摸入口之書後，遞給星月說：「我盡力了，換你試試看！」

星月也把入口之書抱在胸口一會兒，又聞聞入口之書的氣味說：「入口之書哪！希望我能順利把你從沉睡中喚醒！」之後才拿出魔杖，對著入口之書揮動。林捷和林宜聽不懂星月唸的咒語，但是看得出來星月使盡全力，希望能用魔法叫醒入口之書。過了許久，看到星月垂著頭，深深的嘆了一口氣，林捷和林宜知道星月並沒有成功。

「現在我只能指望你們兩位的協助囉！」星月慎重的將入口之書交給林捷。

林捷一接過書，立刻驚呼：「怎麼感覺上比剛剛還輕？」

「入口之書雖然已經變成書的形式，但是一旦沒有被喚醒，重量會愈來愈輕，最後會消失在空氣中。這是當年的圖書館員為了防止心懷不軌的人闖入拼圖區所做的防護之一！」小書丸一邊說，一邊意味深長的看著星月和法拉拉。

星月瞪著小書丸說：「我們才不是心懷不軌的人呢！只是要借

用一下拼圖書區裡的某一項寶物而已！」她轉頭看著林捷兄妹說：「你們兩位書偵探，誰要先試試看呢？」

林捷看了看林宜，林宜點點頭說：「我想，我應該和哥哥一起試試看。」說完立刻和林捷一起拿著入口之書。

「沒問題喔！希望你們能成功！」小書丸點點頭說。

「我可以先翻一翻這本書嗎？」林宜問。

「當然可以！」小書丸說。

林宜摸摸書的封面，又一張張的翻開書頁，每個字似乎都在跳動，甚至變換位置，她很驚訝自己能讀懂每一個歪斜扭動的字跡。

林宜不自覺的讀出眼前看到的字，一行又一行，一頁接著一頁，她突然發現胸前的貓頭鷹項鍊似乎也在微微的震動——是因為入口之書的關係嗎？林宜拿起墜子，打開貓頭鷹的肚子，那塊魔法師遺留的玻璃碎片正在發光。玻璃愈來愈亮，變成一顆閃亮無比的星星，然後飛出來，鑽進書中。同時，入口之書的書頁也開始發亮，而且變得愈來愈重，重到林宜無法平穩的捧著。林捷立刻伸出雙手，幫林宜支撐書的重量。

小書丸驚喜的說：「看起來，因為書偵探林宜朗讀其中的魔法咒語，入口之書甦醒了！」

第七章

終於被解開的謎團

「入口之書真的醒來了嗎？」星月看起來十分激動。

小書丸深吸了一口氣說：「你們聞聞看！空氣中充滿古老圖書館木紙漿的味道，好香喔！這就是入口之書甦醒的最有力的證據！」

林捷和林宜跟著吸了一口氣，果然聞到一股濃濃的紙漿香氣，雖然濃郁卻不嗆鼻，彷彿被千本萬本書圍繞著的一樣，令人覺得心曠神怡。

「照理說入口之書會指引通往拼圖書區的路徑，我們馬上就可以進入拼圖書區了！」法拉拉對著星月說。

「等一下，要進入拼圖書區之前，我得先找一個人來。」星月說完，立即拿出魔杖，揮動三下，一個圓圓胖胖，皮膚白得發亮的高大男人出現在大家面前。

「魔鏡先生！」林捷和林宜異口同聲的驚呼，連小書丸也驚訝的睜大了眼睛。

「兩位書偵探好！我們又見面了！」魔鏡對著林捷兄妹一鞠躬。

「你應該還在咒語書區裡，不是嗎？」林捷問。

「我也不知道怎麼回事，我才感應有人召喚我，瞬間就已經到達這裡了。」魔鏡回答。

星月抬頭看著魔鏡說：「是我施了召喚魔法，讓你來到這裡，因為有重要的事請你幫忙。」

「等一下！之前因為同學梁智雄的事件，我們才剛見過魔鏡先生。知道魔鏡先生事情的人並不多，你不但知道魔鏡先生，還能直接召喚他，很不尋常！」林捷說。

這時，林宜突然開口：「星月，我想先問你一個問題。」

「不行！時間急迫，我現在可沒閒功夫聽你的問題！」星月皺著眉頭說。

「魔鏡先生，你認識星月嗎？」林宜轉頭問魔鏡。

魔鏡看了看星月，又看著林宜說：「我不認識她，不過當初把我的碎片藏起來，叫我綁架大大巫婆的魔法師說，如果需要我，就會用魔法召喚我。」

林宜看著星月說：「我想，你應該就是指使魔鏡先生承認綁架大小巫婆的魔法師，也是假扮成我同學梁智雄的那個人，對吧？」

「是又如何？不是又怎樣？我現在沒時間解釋。」星月完全不理會林宜的質問，轉頭對魔鏡說：「魔鏡，如果你想恢復原來的樣子，就得跟我一起進入拼圖書區。」

「只要可以恢復原來的樣子，要我上刀山下油鍋，我都願意！」魔鏡喜出望外的回應。

「這樣就好。法拉拉、魔鏡，我們一起去拼圖書區吧！」不知何時，入口之書已經回到星月的手中，她手手拿著魔杖，準備行動。

「很抱歉，在回答書偵探的問題之前，你們哪裡也不能去！」一位瘦瘦高高，一身黃色長袍的年輕男子突然出現，林捷和林宜發現這個身影十分眼熟，原來是圖書館木一級管理員小書籤——小書籤平時以黃色尾巴蜻蜓的樣子出現，但是一遇到危急的狀況，他會立刻以人形現身。看到久違的小書籤，兄妹倆驚喜得發出歡呼聲。

「你……你怎麼會出現在這裡？」法拉拉驚訝的看著小書籤。

「你們不但把兩位書偵探騙來圖書館木，還隨意召喚我的徒弟——身為圖書館木一級館員，我當然要來聽聽你們的解釋。另外，還有一位和我一樣很關心妹妹，卻被妹妹騙得團團轉的哥哥也想知道原因——對吧，星河！」星河突然從小書籤的背後出現。

「你們兩個為什麼會在一起？」星月瞪大眼睛說。

「你不也和我妹妹小書包在一起？」小書籤反問星月。

此時法拉拉氣憤的瞪著小書籤說：「早就告訴你，別叫我小書包！星月是我的好朋友，我當然要幫她完成計畫！」

聽到法拉拉的話，小書籤皺了皺眉頭，輕輕的嘆了一口氣。林捷可以了解小書籤的無奈，忍不住開口說：「法拉拉，小書籤畢竟是你的哥哥，也是關心你，別生氣呀！」

法拉拉搖搖頭說：「我沒有生氣，只是我答應星月幫忙，就要實踐我的諾言。」

「星月，你有什麼計畫？為什麼不告訴我？我也可以幫忙呀！」

星河看著星月說。

「哥，你應該知道我最大的心願，就是找到媽媽。可是你從來不幫忙！」星月憤恨不平的說。

「因為我也找不到她呀！而且媽媽離開的時候特別叮嚀過我，別試著去找她，我的責任就是要好好保護你。」星河的眼神透出淡淡的哀傷。

「這些話我早就聽膩了！我努力當上魔法師，就是為了找到媽媽。你不幫忙，我就自己想辦法！」

「所以你才寫信騙我說你被綁架了，還讓法拉拉借時光泡泡給我，讓我去找書偵探來幫忙？你知不知道，我差點掉進巨人的湯碗裡，還好小書籤剛好路過救了我。我勸你還是老實的解釋，你到底做了哪些事，畢竟小書籤是圖書館一級館員，如果你觸犯了禁令，小書籤也知道該如何幫助你。拜託你，別一錯再錯！」星河看起來一臉十分難過。

星月咬了咬嘴脣說：「我雖然做了很多不該做的事，可是我又沒有傷害別人！」

這時林捷忍不住開口：「星月，如果一切都是你的計畫，綁架大大巫婆，讓小小巫婆辛苦的找了好久——難道不是傷害別人嗎？」

林捷說完，突然聽見咻咻兩聲，兩道黑影停在他的身邊，他仔細看，是大大巫婆與小小巫婆。林捷驚訝的說：「真抱歉，我只是提到兩位，並沒有呼叫你們！」

大大巫婆搖搖頭說：「我們並不是因為你的呼叫而出現，而是聽說不明人士找到拼圖書區的入口書，拼圖書區即將出現，引發騷動，所以特地過來看看。沒想到你們都在這裡！」

「我剛聽見你們剛才的對話，原來你就是綁架大大的壞人！」小小巫婆皺著眉頭盯著星月看。

眼看星月受到大家輪番的指責，法拉拉說話了：「星月不是壞人，她只是很想找到她的媽媽。」

「可是當年就是因為大大巫婆被綁架，所以你才離開圖書館木。你也是受害者呀，小書包！」小書籤說。

「我不會怪星月。從我到魔法學院的第一天起，星月就一直非常照顧我，我們合作完成許多工作，她是我最好的朋友。我相信她不是故意陷害我。」法拉拉看著星月說。

「好吧！我就一次把全部的事情解釋清楚！」星月下定決心似的開口：「一百四十九年前，自從媽媽消失了之後，我暗暗發誓一定要找到媽媽。我聽說媽媽藏在必須用特殊魔法才能找到的地方，所以我想借助活人書——也就是大大巫婆——和毒蘋果魔法書的力量找媽媽。但是活人書根本不能借出圖書館木，我只好把大大巫婆打昏，帶出圖書館木。我本來以為自己可以很快找到毒蘋果魔法書，然後盡快把大大巫婆送回圖書館木，沒想到一直找不到……」

「所以，後來法拉拉幫你一起找毒蘋果魔法書？就是我和哥哥在迷路市場遇到法拉拉的那一次，對嗎？」林宜問。

星月點點頭說：「沒錯！但是毒蘋果魔法書後來消失了，那次的計畫又失敗了。之後聽說魔鏡知道天下所有問題的答案，我想只要我幫忙找回魔鏡破裂的碎片，讓他恢復原狀，這樣我就可以問到媽媽的下落。我問過所有的資深魔法師，他們都告訴我這是一件不可能的任務。因為有一部分魔鏡的碎片被藏在拼圖書區裡，避免邪惡魔法師利用魔鏡，找到拼圖書區，再次造成圖書館木的災難。可是法拉拉一直鼓勵我，幫助我一起蒐集魔鏡的碎片。現在我們好不容易找到拼圖書區的入口之書，只要找到魔鏡其他的碎片，就有機會找到我媽媽。求求你們，讓我進去！我只想找到媽媽！」

「我記得你拿走了追蹤眼鏡，難道追蹤眼鏡幫不上忙？」林捷問星月。

「本來我也把希望寄託在追蹤眼鏡上，但追蹤眼鏡只告訴我，媽媽在拼圖書區裡，但是它無法幫助我找到拼圖書區。我一直努力到現在，終於找到拼圖書區的入口，魔鏡和法拉拉也願意幫忙，請你們讓我進去！」星月眼神堅定的說。

這時魔鏡也開口：「我只是希望能恢復原來的樣子呀！如果讓我恢復原來的模樣，我保證一定留在圖書館木裡，為大家服務。」

小書籤皺著眉頭，露出為難的臉色說：「如果按照圖書館木管理委員會制訂的法律，星月已經觸犯了好幾項重罪。我身為圖書館木一級館員，也很難通融。」

林宜開口說：「如果因為星月幫助魔鏡先生恢復原貌，讓魔鏡先生能繼續為大家服務，解決疑問，這樣算不算將功折罪呢？」

「勉強可以。但是拼圖書區既然藏有稀有魔法書，屬於圖書館木重要的管制書區，身為圖書館木的管理員，也是守護者，我不能讓星月、小書包和魔鏡進去。」小書籤一臉嚴肅的說。

「事到如今，叫我放棄是不可能的事了！法拉拉，你退後，我不想連累你！魔鏡先生，你在這裡等著，我進去拼圖書區後，一定會找到剩餘的碎片，幫你恢復原來的樣子！」頓時星月的眼睛像被烈火點燃般發出閃光；因為魔法的關係，她的頭髮豎起來，身上的斗篷飛起來，整個人像一團火焰熊熊燃燒，讓人覺得熾熱又危險。

「星月，別這樣！冷靜啊！」星河在一旁焦急的大喊。

法拉拉同時勸說：「對呀，星月，別使用那個魔法，小心會永遠被囚禁在圖書館木之中，這樣的代價太高了！」

「不行！我辛苦了那麼久，就是為了見媽媽一面，只要可以找到媽媽，無論什麼後果我都不在乎！」星月的意志很堅定。

「如果是這樣，很遺憾，我只好通知圖書館木管理委員會來處理了。到時候，你必須接受法律的制裁。」小書籤舉起手，手裡握著長長的魔杖。林宜發現此時的小書籤比平時還要高大，魔杖似乎充滿

魔法的能量，帶來一陣強風，小書籤的氣勢看起來絲毫不遜於星月。

「請等一下！圖書館木一級館員，高抬貴手！」一陣溫柔的聲音從星月手上的入口之書傳出來，星月與小書籤因此同時放下手中的魔法杖。

星河的臉色突然變得困惑，他喃喃的說：「這聲音聽起來好熟悉呀！」

第八章

入口之書的祕密

「你是誰？為什麼躲在入口之書裡？請你快點出現！」小書籤一臉嚴肅的說。

一道光束從入口之書射出，一位穿著深褐色斗篷的婦人出現在所有人的面前。林宜一看就知道這位婦人是星河和星月的媽媽——她和星月一樣，頭髮又黑又捲，皮膚黝黑，眼睛圓而明亮。

「媽媽？媽媽！是你！原來你在這裡！」星河激動的大喊。

星月臉上的表情頓時充滿驚喜與意外，她說：「真的嗎？哥哥，她是我們的……媽媽？」

「星河、星月，媽媽對不起你們。躲在入口之書裡，實在有說不出的苦衷，請你們原諒我！」婦人說完，張開雙臂擁抱星河與星月。

「我猜，你應該是傳說中負責保護拼圖書區的魔法師之一，桂花雨女士，對吧？很榮幸能見到你！」小書籤向桂花雨一鞠躬。

「很抱歉，我的女兒星月為了找到我，給大家添了很多麻煩，真是對不起！」桂花雨向所有的人彎下腰，深深的一鞠躬。

「媽媽，我自己做錯事，應該是我向大家道歉才對！」星月跟著慎重的向所有人一鞠躬，說：「各位，對不起！我自己做的事情，我會自己負責；該受的處罰，我也願意承受。請大家不要怪罪我的媽媽和哥哥，也請不要責備法拉拉！」

林捷忍不住好奇的問：「桂花雨女士，請問你為什麼躲在入口之書裡呢？」

桂花雨嘆了一口氣說：「很久以前出現了一個叫做羅爾的魔法師，他利用圖書館木中的珍貴魔法書，學會了很多魔法，不但在魔法世界中做壞事，甚至傷害童話書區中的人物。圖書館員們和一群善良的魔法師合作，花了很大的功夫，好不容易打敗羅爾，把他囚禁在圖書館木中，同時成立拼圖書區，把所有的珍稀魔法書都收藏在其中。

當年我和星河與星月的爸爸，都是負責保護拼圖書區的魔法師。就在大家同心協力設置好拼圖書區之後，星河和星月的爸爸星空，被羅爾的同夥茵符綁架。茵符十分狡猾，威脅我們如果不透露羅爾和拼圖書區的下落，她就把星空永遠囚禁在我們不知道的地方，並要一一攻擊參與的魔法師和圖書館員。

因此所有參與保護拼圖書區計畫的圖書館員和魔法師，被迫躲藏起來，一方面暗中調查茵符和星空的下落，一方面保護拼圖書區。為了保護年幼的星河和星月，我只能遠離他們，愈遠愈好。我真的捨不得離開星河和星月，但是如果不躲起來，星河兄妹會面臨極大的危險。」

「原來如此！難怪拼圖書區這麼難找！我有另一個疑問：魔鏡先生其他的碎片真的都在拼圖書區裡嗎？」林宜一問，魔鏡的眼睛瞬間亮了起來。

桂花雨點點頭說：「沒錯，剩下的碎片的確都在拼圖書區中，並由我保管。當初我們考慮到邪惡魔法師可能會利用無所不知的魔鏡，找出拼圖書區的下落，所以將魔鏡的部分碎片藏起來。」

「真的嗎？可以請你幫幫忙，讓我恢復為原來的樣子嗎？」魔鏡熱切懇求著。

桂花雨面有難色的說：「恐怕有困難。當初把魔鏡剩下的碎片藏在拼圖書區裡，就是擔心會有壞魔法師把魔鏡恢復之後，詢問拼圖書區的下落。」

聽到桂花雨的話，魔鏡頓時全身癱軟，失望的跌坐在地上說：

「難道我永遠都必須以這種殘廢的狀態生活嗎？」

「這樣魔鏡先生好可憐唷！難道沒有別的方法嗎？」林宜說。

「其實可以讓魔鏡恢復後，用遺忘魔法，消除拼圖書區在魔鏡的記憶，這樣即使茵符找到魔鏡，也問不出拼圖書區的正確位置。」大大巫婆開口說。

「很可惜，我不會這樣的魔法。」桂花雨說完，輕輕嘆了一口氣。

「我們會呀！」大大巫婆與小小巫婆齊聲說。

魔鏡聽到了，開心的說：「真的嗎？可以請你們幫幫我嗎？謝謝你們！謝謝！」

桂花雨也露出笑容說：「如果大小巫婆願意幫忙，那真是太好了！」說完她唸了一長串咒語，她的手中立刻出現幾塊玻璃碎片：

「這些就是魔鏡遺失的碎片。」

「我這裡還有一些魔鏡的碎片。」星月從口袋裡取出追蹤眼鏡，林宜也取出項鍊裡的鏡片，遞給桂花雨說：「還有這一片！」

「謝謝你們！現在萬事俱備，魔鏡，請放輕鬆，我們要把碎片還給你，讓你恢復原狀。」大大巫婆與小小巫婆同時從身上抽出掃帚，桂花雨張開雙手，手掌上出現了亮晶晶的光芒，飛往魔鏡身上。只見魔鏡的身體愈來愈高大，愈來愈明亮，讓大家幾乎睜不開眼睛。等到光芒消失，魔鏡看起來神清氣爽的站在所有人面前，雀躍的說：「能恢復原來的狀態真是太好了！謝謝大家！」

「魔鏡，請等一下，我們還沒進行遺忘魔法。」大小巫婆說完，同時揮動手上的掃把對著魔鏡說：「嗚哩啪啦，嗚哩呱啦，嗚哩咪啦，嗚哩嘩啦，永遠不再想起，永遠不再記起：拼、圖、書、區！」咒語唸完，魔鏡摸摸自己的頭說：「完成了嗎？」

「是的，沒錯。」大小巫婆同聲說。

「應該要確認一下魔鏡是否真的遺忘了拼圖書區的位置。」小書籤才剛說完，桂花雨也點頭說：「沒錯，不過魔鏡只對同意合作的對象吐露訊息，目前是星月，就請星月來試試看。」

星月點點頭說：「魔鏡，魔鏡，請問眼前的拼圖書區，之後會在何處呢？」

魔鏡頓時全身散發明亮的光芒，原來的人形，慢慢變成一面大鏡子，林捷和林宜在鏡子裡看見所有的人，鏡子突然發出聲音說：「主人，拼圖書區現在就在你的眼前，但是很快就會消失，連我也不知道將來會在何處。」

星月聽完，露出滿意的表情說：「我知道了！謝謝你，魔鏡，我和你之間的約定，就在此時此刻結束，之後你將回歸圖書館木，為保護圖書館木而效力。」

星月說完的同時，魔鏡再度發散強烈的光芒，瞬間變回人形。林捷看著高大的魔鏡先生，看起來精神飽滿，神情愉快，眼睛、嘴角都因為笑容呈現著好看的弧度。

「太好了！魔鏡先生，恭喜你！」林宜忍不住說。

此時，桂花雨開口了：「各位，很抱歉，我不能在此地停留太久。停留的時間愈長，拼圖書區暴露的時間愈多，茵芙就可能追蹤到拼圖書區，圖書館木面臨危險的機會也愈大，星河和星月也可能因此受到波及。」說完，她不捨的看著星河與星月。

「媽媽，你要再回到入口之書裡嗎？」星月緊握著桂花雨的手。

桂花雨搖搖頭說：「我必須換一個地方了。這本入口之書和瞇羊我都會帶走，做適當的安排，免得被有心人發現。」

「這樣我以後都見不到你了嗎？」星月的眼眶頓時充滿了淚水。

「我們一定會再見面的！我把可以找到我的線索告訴魔鏡，只有

你和星河找得到。你是個優秀的魔法師，一定可以找到方法再和媽媽相聚。」桂花雨摟摟星月的肩膀，又拍拍星河的頭說：「好好照顧妹妹喔！」桂花雨說完，抱起瞇瞇羊和入口之書，瞬間消失。

目送媽媽離開，星河擦了擦眼淚，轉身對林捷與林宜說：「謝謝你們願意幫助我妹妹！」

「不客氣，我們很高興你和星月可以和你們的媽媽見面！」林捷露出微笑。

「對呀，而且我們希望法拉拉也能和小書籤和好！」林宜轉頭看著法拉拉和小書籤這對兄妹。

小書籤紅著臉說：「我可從來沒跟她吵架喔！我一直很關心小

書包……」

「現在真相大白了，法拉拉，你應該不會再生小書籤的氣了吧？」林捷看著法拉拉說。

法拉拉抓抓頭髮，難為情的說：「其實，我早就不生氣了。我知道哥哥很關心我。謝謝你們的幫忙，不過時間不多了，星月使用的時間凍結術應該快撐不住了，我們得送你們回到人類的世界。」

星月點點頭說：「事不宜遲，兩位書偵探，謝謝你們！我們後會有期！」

當星月與法拉拉同時揮動魔杖，林捷與林宜聽到一陣風聲在耳邊呼嘯，他們看見所有人對他們揮手道別，隨即掀起一陣強風，吹得他們睜不開眼。等到風停了，再次睜開眼，林捷和林宜發現自己正坐在公園的長椅子上，陽光依然明亮，草地上有一些小朋友正在追逐玩耍。

「哥，我覺得這次的旅行感覺時間似乎很長，但是又覺得待在圖書館木的時間不夠長。」林宜說。

「我們順利找到星河，還看見星河、星月和他們的媽媽相聚，真棒！我們再回便利商店買支霜淇淋吧！這次我想吃巧克力口味！」

林宜一邊說，一邊起身。

「好主意！我也想吃巧克力口味！走吧！」林捷說。

兄妹兩人再次望了望湛藍的天空，開心的走出公園。

番外篇

天靈靈的第一道甜點

我是天靈靈，出生在著名的甜點精靈世家。我的母親天晶晶，我的祖母天瑩瑩，我的曾祖母天蒼蒼，全都是精靈界赫赫有名的製作甜點高手。

從我出生開始，就接受嚴格的甜點精靈訓練。除了各種製作甜點的技巧，還要訓練舌頭精密的味覺、鼻子敏銳的嗅覺，認識各種食材……你以為精靈做甜點全都靠魔法就行了？那可是大錯特錯！從我小時候有記憶開始，我的媽媽最常說的一句話就是：「最棒的精靈甜點，就是不使用魔法的甜點。」

我第一道學會的甜點是野莓果醬。媽媽規定我必須親自飛到野莓園，不准用魔法挑選野莓，必須親手一個個挑選。接著，回到廚房，使用糖醃漬野莓，然後熬煮果醬——當然熬煮的過程中，包含爐火的大小、熬煮果醬的時間，完全不能使用魔法。

可是，當我站在爐火前不停的攪動著果醬後，開始覺得手酸腳疼。於是趁媽媽離開廚房時，我偷偷的揮動了一下魔法棒，讓湯匙十分聽話的開始自動攪拌，讓我的手終於能休息一下！在媽媽回來之前，我再恢復用手攪拌，我十分確定媽媽不知道我做的事。當我完成野莓果醬時，真的是心花怒放，果醬散發出如同寶石閃亮的光澤，還有陣陣幽雅的香氣撲鼻而來，我迫不及待先嚐一口，所有莓果的滋味與糖漿充分融合，濃郁的莓果香氣，酸中帶甜，就像沐浴在莓果天堂之中，真的是太美好了！

「這是我手工製作的野莓果醬，請您嚐嚐。」我信心滿滿的把果醬端到媽媽面前，沒想到媽媽只把少許果醬放在舌間嚐了一口，馬上就皺著眉頭說：「叮嚀過幾百次了，最棒的精靈甜點，就是不使用魔法的甜點。這果醬的製作過程中一定曾使用魔法，怎麼能說是最棒的甜點呢？你仔細看一看，果醬的光澤跟剛完成時一樣嗎？如果連基本的果醬都做不好，根本就沒有資格成為甜點精靈，更不用說開甜點店了。」

被媽媽這樣說，我再看一眼野莓果醬，光澤果然消褪許多，我的心情一瞬間從天堂墜落地獄。沒想到只是在製作過程中，我只用了一點點魔法，也會被媽媽識破。

成為一流的甜點精靈，開一家甜點店，是我最重要的夢想，我握緊拳頭說：「我剛剛的確使用了魔法。媽媽，請再給我一次機會，我一定會做出最棒的野莓果醬，我想成為最厲害的甜點精靈。」

媽媽沒說話，只是直視著我的眼睛點頭，我知道這一次如果沒讓媽媽滿意，夢想可能會自此中斷。於是，我仔細的挑選每一顆野莓，耐心的等待糖漬軟野莓，站在爐火前，親手攪拌果醬，直到果醬香氣撲鼻，出現晶瑩的果膠。

「媽媽，這是我親手做的果醬，我保證完全沒有使用任何魔法！」我戰戰兢兢的遞出果醬，母親沒說話，只是拿起湯匙，嚐了一口果醬，然後閉起眼睛，嘆了一口氣說：「啊！真是美好的滋味！天靈靈，只有能親手做出美味甜點的精靈，才能成為頂尖的甜點精靈，因為魔法雖然快速輕鬆，但是無法精準掌握美味呀。」

所以，不要以為天靈靈甜點店中的甜點，全都是我輕鬆揮揮魔法棒就可以變得出來的！每一道甜點，我都費盡心力蒐集材料，親手製作。所以天靈靈甜點店才能在魔法世界中，享有盛名，許多知名的巫婆、魔法師和童話人物都曾光臨，甚至還出現過人類的書偵探呢！嘿，人類讀者們，如果有機會拜訪魔法世界，經過天靈靈甜點屋，別忘了進來享用一道美味的甜點喔！

野莓果醬食譜

材料：各種莓類（人類世界中的草莓、藍莓、紅莓都可以）600g，糖 300g，檸檬汁一湯匙。

步驟：

1 仔細挑選新鮮莓類洗淨。

2 加入糖醃漬莓類 2 至 3 小時左右，莓果中的水分會自然釋出，和糖融合成糖漿。

3 用小火熬煮糖漿和莓果，檸檬汁會讓果醬呈現鮮豔漂亮的顏色。

＊務必要持續並且溫柔攪拌，直到糖漿變得濃稠為止。

4 熄火前加入檸檬汁，檸檬汁能增添果醬的香氣，同時讓果醬呈現明亮鮮豔的光澤。

5 放涼，裝入乾淨的玻璃瓶內。可以塗麵包，配優格或是冰淇淋吃，都很美味喔！

讀書會

《神祕圖書館偵探》系列故事已經結束了，你對充滿魔法、偵探與童話世界的故事是不是意猶未盡呢？

一起來玩由溫美玉老師設計的「情節大蒐集」活動，從遊戲中，為自己的閱讀理解力、思考力與寫作力加滿分吧！

遊戲準備

活動設計／溫美玉老師（臺南大學附設實驗小學教師）

1 附件一「謎題紙」若干張，一人一張。

2 每人手上一本《星月、瞇瞇羊與神祕拼圖書》書籍，以供翻閱找答案。

3 破關法寶（每位玩家一人一組），內容包含：

① 附件二《星月、瞇瞇羊與神祕拼圖書》章節列表

② 附件三「觀點／情緒／性格列表」

4 記分板：一張紙記錄每個人的分數。（建議玩家至少3人）

5 每位玩家先在謎題紙上寫一張謎題：

(1) 可翻閱書本，找出故事中角色們發生過的事件

(2) 將該事件的：① 出場人物　② 發生了什麼事　③ 要解決的困境　④ 所在地點／當時場景的形容簡單記錄在謎題紙中。

(3) 寫謎題的玩家，要記住該題所在的章節頁數及位置（即答案）。

※注意事項：

(1) 玩家寫的謎題張數，可視「玩家人數」或「想玩的時間」決定。若玩家人數少，建議每人書寫至少兩張以上謎題。

(2) 提醒玩家，盡量找比較看不出屬於哪一個章節的事件，增加遊戲的困難度與刺激度。

遊戲規則

1 每人寫完謎題後，開始進行遊戲。

(1) 一位玩家（出題者）先秀出自己的謎題紙（一次只秀1張）。

(2) 其右手邊的玩家必須猜測這個事件的對應章節。

(3) 若不知道答案或猜錯，可翻書找（限時2分鐘）／或向出題者求助（提示），但得到的分數會比較低。若仍不知道答案，則開放其他玩家搶答。

(4) 答題結束後，玩家順時針輪流當出題者，換下一個人秀謎題紙讓他右邊的玩家猜，以此類推。

(5) 每個人的謎題猜完後，得到最多分數的人勝利（其中一位玩家可協助記下每位玩家的分數）。

2 分數計算方式

(1) 未翻書就答對的情況下，可得5分。

(2) 翻書／向出題者求助答對，可得3分。

(3) 開放搶答時答對者，可得3分。

(4) 加分題：除了回答相應章節外，若能用「觀點句型」為出題者所描述的事件做個人的評論，可加1分，觀點句中包含角色的「情緒／性格」的話，可加3分。

觀點句範例：

我不同意星月為了找媽媽而欺騙哥哥星河的作法，因為她讓哥哥很擔心，以為她真的被綁架了，甚至讓哥哥陷入危險中，我覺得星月可以跟星河說說他的計畫與想法，或許他們可以一起合作，而不是一個人衝動、不管後果的計畫。

附件一：謎題紙

1. 出場人物：____________________

2. 發生了什麼事：

3. 要解決的困境：

4. 所在地點／當時場景的形容：

附件二：「神秘圖書館偵探4」章節列表

第一章　被關進泡泡裡	第五章　拼圖書區的入口
第二章　天靈靈童話甜點屋	第六章　書籍修繕師
第三章　尋找星星的光芒	第七章　終於被解開的謎團
第四章　星月的神祕計畫	第八章　入口之書的祕密

附件三：觀點／情緒／性格列表

★人物觀點列表

正向	我期待，因為……	我喜歡，因為……	我同意，因為……
中立	我認為，因為……	我預測，因為……	我推斷，因為……
	我的結論是，因為……		
反向	我質疑，因為……	我不同意，因為……	

★情緒／性格列表

情緒					性格				
快樂	放鬆	安心	滿意	欣賞	勤奮	熱情	果決	自製	禮貌
興奮	舒服	期待	欣慰	著迷	專注	誠懇	勇敢	創意	穩重
驚喜	平靜	解脫	甜蜜	陶醉	體貼	冷靜	獨立	剛強	謙虛
痛快	滿足	充實	感動	仰慕	慈悲	聰慧	慷慨	寬容	自信
狂喜	幸福	自豪	感激	敬愛	大方	謹慎	溫和	正義	堅持
失望	不安	煩悶	無聊	矛盾	懶散	害羞	固執	虛偽	軟弱
疲憊	緊張	挫折	尷尬	羨慕	草率	愚蠢	自卑	浮躁	冷漠
委屈	擔心	嫉妒	驚訝	後悔	畏縮	依賴	暴躁	狡猾	冷酷
難過	害怕	生氣	討厭	丟臉	任性	小氣	保守	嚴厲	自大
孤單	驚慌	憤怒	愧疚	懷疑	貪婪	卑鄙	殘暴	貪心	挑剔
悲傷	恐懼	抓狂	震驚	無奈	武斷	傲慢	多疑	自私	陰險

推薦文

用「書香」堆疊出來的奇幻世界

◎溫美玉老師（臺南大學附設實驗小學教師）

閱讀這系列的作品也讓我重溫小時候讀到喜歡的書，往往因此忘了時間、甩開睡意，只想繼續浸淫在作者創造出的世界中，就像在一個迥異於現實的世界走了一遭。

身為第一線國小教師，我最關心的就是把故事內容引導為適當的教學。我喜歡作者用非常有畫面的文字描寫主角們所見的場景，以及人物的外型、性格（像是咩咩羊三姊妹的服裝，及有點高傲、不願和人類說話的小精靈天靈靈），讓故事雖然是架空的幻想世界，卻彷彿看電影一般的身歷其境。因此，帶孩子深究作者讓文章「有畫面」的手法，更能彰顯故事的價值。

和孩子一起共讀的老師或家長可針對「人物外型描寫」、「場景描寫」兩部分，讓孩子翻閱書籍，檢索符合條件的句子。再一一帶孩子去分析，讓這些文字「有畫面」的重要元素為何？可簡單歸納為：「❶五感（看、聽、觸、嗅、嚐）呈現事件／場景❷外型（有什麼東西在附近？是什麼顏色？）❸人物動作／表情❹對話❺情緒❻

文學想像。」不僅可以讓孩子有目標性的重新閱讀書籍，也能認識一種寫作的技巧。

「我們不需要魔法的力量來改變世界，改變世界的力量存在我們的體內，我們該做的事應該是激發這些能力，讓世界變得更好。」因創作《哈利波特》而成為暢銷作家的J．K．羅琳曾如此說。

作者林佑儒創造出「圖書館木」這個充滿魔法的世界，但書中真正主宰任務成敗的，不是高強的法力，而是主角林宜、林捷兩人的特質（林宜細膩敏銳；林捷則正義又充滿義氣），他們沉浸在書海時所展現的力量，成為讓故事困境被解決的關鍵。這樣的設定，或許就跟J．K．羅琳所言不謀而合——不強調外在能力，而加大內在特質、潛能發揮後的力量。我相信這能鼓舞自認「平凡」的孩子們，提醒他們成就並非僅來自外在力量的強大，若能找到自己的特質，適得其所的發揮出來，那麼就離J．K．羅琳所言「改變世界的力量」不遠了！

推薦文

從現實中構築想像，從奇幻中尋找真情

◎文／江福祐（板橋國小閱讀教師）

《神祕圖書館偵探系列》的故事，閱讀起來似乎是完全的想像故事，但是其實不然。作者設定的人物（彩花籽、小書籤、小書包、大小巫婆等……），雖然都是具有魔法的人物，但是所有的故事是由林捷、林宜這對真實人類的雙胞胎兄妹身上展開，讓故事不全然都建構在想像上。

作者設定的場景（圖書館木、魔法世界、大風吹車站……）則具有真實世界的投射，圖書館木就跟我們真實世界的圖書館一樣，有許多好看的書，也有許多珍貴的書，也有「禁書」；而守護書的小精靈，不就是我們真實世界圖書館中維護書籍的大小志工和圖書館員嗎？作者所描述的魔法世界，雖然魔法千變萬化，但仍然有些限制，不會無限上綱的讓魔法變成解決問題的唯一途徑。大風吹車站，有「御風而行」的灑脫，但也有「誤點」、「脫班」、「迷路」這些真實世界的「實境」。

作者還在故事中穿插許多的童話故事，這樣的安排並不會讓讀者在閱讀的過程中感覺不到新鮮感，因為雖然借用了童話故事的人物與內容，但是並不會讓童話故事的情節搶了故事的精彩，反而營造出讀者也知道部分故事進行的「默契」。

許多奇幻或幻想故事，總是天馬行空的構築許多荒誕不經的情節，亦或是安排許多無厘頭的搞笑橋段，熱鬧有餘，但情感不足。在本書中，謎團一一被解開，一連串的神祕行動，原來動機都來自於「星月想要見媽媽一面」這個單純而又充滿感情的意念。作者在故事中安排星月因為想念媽媽，設計謀劃了許多的神祕事件與行動，甚至不惜違反魔法世界和圖書館木的規則，就是為了能夠和媽媽見上一面，仔細想一想，我們的社會中是不是也有許多單親或是失親的小孩也有這樣的故事正在發生，這些孩子恨不得能夠擁有魔法一一破除障礙，只希望能夠短暫的感受到親情的溫暖。

《神祕圖書館偵探系列》擺脫了許多創作童話與幻想故事天馬行空的思維，讓讀者從字裡行間感受到即使在想像故事中，仍可感受到真實世界的溫度，在魔法故事中，也能追尋到真情，值得我們對於「情感」的處理與追尋一再玩味。

神祕圖書館偵探 4

星月、瞇瞇羊與神祕拼圖書

文｜林佑儒
圖｜25度

責任編輯｜楊琇珊
美術設計｜蕭雅慧
電腦排版｜中原造像股份有限公司
行銷企劃｜葉怡伶

發行人｜殷允芃
創辦人兼執行長｜何琦瑜
副總經理｜林彥傑
總監｜林欣靜
版權專員｜何晨瑋、黃微真

出版者｜親子天下股份有限公司
地址｜台北市 104 建國北路一段 96 號 4 樓
電話｜（02）2509-2800　傳真｜（02）2509-2462
網址｜www.parenting.com.tw
讀者服務專線｜（02）2662-0332　週一～週五：09:00~17:30
讀者服務傳真｜（02）2662-6048
客服信箱｜bill@cw.com.tw
法律顧問｜台英國際商務法律事務所 · 羅明通律師
製版印刷｜中原造像股份有限公司
總經銷｜大和圖書有限公司　電話：（02）8990-2588

出版日期｜2018 年 4 月第一版第一次印行
2021 年 7 月第一版第十三次印行
定　價｜260 元
書　號｜BKKCJ046P
ISBN｜978-957-9095-48-8

訂購服務
親子天下 Shopping｜shopping.parenting.com.tw
海外 · 大量訂購｜parenting@cw.com.tw
書香花園｜台北市建國北路二段 6 巷 11 號　電話（02）2506-1635
劃撥帳號｜50331356 親子天下股份有限公司

國家圖書館出版品預行編目資料

神祕圖書館偵探 . 4, 星月、瞇瞇羊與神祕拼圖書 / 林佑儒文 ; 25 度圖 . -- 第一版 . -- 臺北市 : 親子天下 , 2018.04
136 面 ;17 * 21 公分 . -- (樂讀 456 ; 46)
ISBN 978-957-9095-48-8(精裝)

859.6　107002794